YSBRYD Y MASWR

MEWNWR A MASWR

7

Ysbryd y Maswr

Gareth William Jones

Argraffiad cyntaf: 2008

Dymuna'r cyhoeddwyr gydnabod cymorth
Adrannau Cyngor Llyfrau Cymru.

Rhif Llyfr Safonol Rhyngwladol:
978-1-84527-158-9

Cynllun clawr: Sion Ilar

Argraffwyd a chyhoeddwyd gan Wasg Carreg Gwalch,
12 Iard yr Orsaf, Llanrwst, Dyffryn Conwy, LL26 0EH.
01492 642031 01492 641502
llyfrau@carreg-gwalch.co.uk
Lle ar y we: www.carreg-gwalch.co.uk

Cyflwynir y llyfr hwn i Tomos Hedd

MEWNWR A MASWR

Cyfres o nofelau am rygbi ieuenctid

1. BRWYDR Y BRODYR
2. DAU DDEWIS
3. SIOM, SYNDOD A SWS
4. TRICIAU, TACLAU A THAITH
5. TÂN AR GROEN
6. FFRAINC AMDANI!

1. Colli Ysbryd

Roedd hi'n ddechrau tymor newydd sbon ac roedd Ifor Madog, hyfforddwr y Cenawon a thad yr efeilliaid Llion a Llŷr, yn disgwyl pethau mawr oddi wrth ei dîm eleni. Roedden nhw'n hŷn, yn gryfach, yn fwy profiadol ac wedi chwarae hefo'i gilydd ers dros flwyddyn ac wedi chwarae'n ardderchog ar ddiwedd y tymor cynt. Ond, siom gafodd Ifor Madog druan y prynhawn hwnnw. Siom fawr.

"O, na!" ochneidiodd Ifor yn methu credu ei lygaid wrth weld camgymeriad diweddaraf Dilwyn, cefnwr y Cenawon. Roedd Dilwyn druan newydd daflu'r bêl yn wyllt dros ben Alun oedd yn aros amdani ar yr asgell. Nid oedd gan Alun druan obaith mul mewn rasys geffylau i dderbyn pàs mor wael a hedfanodd y bêl drosto gan sboncio'n wastrafflyd dros yr ystlys.

"Sut fath o bàs oedd hon'na, Dilwyn?" gwaeddodd Alun yn gas.

"Sori!" gwaeddodd Dilwyn yn ôl gan godi ei ysgwyddau.

"Paid â phoeni, Dilwyn," meddai Combein yn

ceisio gwneud ei orau glas fel capten i godi ysbryd ei gefnwr. "Anlwcus oeddat ti."

Claddu ei wyneb yn ei ddwylo wnaeth Ifor Madog cyn troi at Mr Prydderch oedd yn sefyll wrth ei ymyl.

"Beth sy'n bod arnyn nhw heddiw deudwch?" gofynnodd. "Maen nhw fel 'taen nhw wedi anghofio sut i daclo a sut i basio'n iawn."

"Fy mechgyn i sy'n chware'n rhy dda ac yn rhoi gormod o bwysau arnyn nhw, Ifor!" gwaeddodd Lewis Evans, hyfforddwr tîm Bro Hafnant, gan wenu o glust i glust.

"Wel, maen nhw'n well na ni heddiw beth bynnag, Lewis," atebodd Ifor gan geisio bod yn gwrtais.

Roedd yn ysu eisiau ychwanegu "a dydy hynny ddim yn anodd" – ond penderfynodd beidio. Bro Hafnant oedd tîm gwannaf yr ardal a doedden nhw ddim yn chwarae'n dda y diwrnod hwnnw chwaith. Y gwir poenus oedd fod Cenawon Nant Cadno'n chwarae'n ddifrifol o wael. Mae'n wir mai hon oedd gêm gyntaf y tymor ac mai un sesiwn ymarfer roedden nhw wedi'i chael ers diwedd y tymor diwethaf ond doedd hynny ddim yn esgus. Roedd hi'n anodd credu mai'r un tîm oedd hwn â'r un a gyrhaeddodd rownd gyn-derfynol yr Urdd y llynedd. Mae'n wir nad oedd y Ffrancwr Robert yn y canol mwyach wedi iddo ddychwelyd adre i Toulouse ond nid dyna oedd yr eglurhad am y chwarae sâl chwaith. Am ryw reswm doedd dim ysbryd yn y tîm ac oherwydd hynny roedd camgymeriadau gwirion yn britho'u chwarae.

"Codwch eich pennau!" gwaeddodd Ifor wrth weld y blaenwyr yn llusgo tua'r ystlys yn edrych fel 'taen nhw ddim eisiau bod yno.

"Ia, dowch hogia!" plediodd Combein o gefn y llinell. "Mi allwn ni wneud yn well na hyn."

Ond roedd hi'n amlwg nad oedd calonnau'r Cenawon yn y gêm. Roedd blaenwyr Bro Hafnant yn sefyll yn gefnsyth yn y llinell ac yn edrych yn eiddgar tuag at eu bachwr ond, ar y llaw arall, roedd blaenwyr y Cenawon yn llipa ac yn ddifywyd. Doedd tafliad bachwr Bro Hafnant ddim yn un da o gwbl. Flwyddyn ynghynt, byddai Derec Dau Funud – oedd â phâr o ddwylo da – wedi cipio pêl mor wael a'i thaflu'n syth i ddwylo Llion a rhyddhau'r cefnwyr, ond heddiw dim ond llwyddo i'w tharo ymlaen â blaenau ei fysedd y gwnaeth. Ochneidiodd Ifor unwaith eto. Sgrym i Bro Hafnant ac ni allai Ifor gredu ei lygaid pan welodd beth oedd yn digwydd nesaf. Roedd pac Bro Hafnant, pac gwannaf yr ardal y flwyddyn cynt, yn feistri corn ar y Cenawon!

Erbyn hanner amser roedd Ifor Madog fel sosban yn berwi drosodd a'i wyneb yn goch dân.

"Beth sy'n bod arnoch chi?" arthiodd arnyn nhw pan ymgasglodd pawb o'i gwmpas ar ddiwedd hanner hynod o siomedig.

"Does dim siâp o gwbl ar y'ch chwarae chi. Ac o

ble mae'r camgymeriada gwirion yma wedi dŵad mor sydyn? Mi fasa rhywun yn meddwl nad ydach chi erioed wedi gweld pêl rygbi cyn heddiw. Ac mi rydach chi mor ddifywyd. Wyddoch chi beth? Mi rydach chi i gyd yn edrach fel 'tasa'n well ganddoch chi fod yn rhywle arall! Yn eich gwelya mae'n siŵr!"

Sefyll yn bwdlyd a thawel yn edrych ar eu sgidiau wnaeth pob un o'r bechgyn. Roedd pawb, heblaw Ifor Madog, yn gwybod y rheswm am y diffyg brwdfrydedd ond doedd neb yn mynd i feiddio agor ei geg a dweud wrtho.

Edrychodd Ifor Madog arnyn nhw fesul un ond edrychai neb arno ef. Roedd eu pennau'n dal i wynebu'r llawr. Doedd Ifor ddim yn gwybod beth arall i'w ddweud felly bu'r munudau nesaf yn rhai annifyr o dawel. O'r diwedd, daeth chwibaniad y dyfarnwr i'w achub.

"Ydach chi'n addo gwneud eich gora glas yn yr ail hanner?" holodd Ifor cyn iddyn nhw wasgaru, ond ni chafodd ateb. "Ydach chi?" meddai eto gan godi ei lais y tro hwn.

"Ydan," atebodd rhai o'r bechgyn ond heb fawr o frwdfrydedd.

"Ydach chi?" gwaeddodd Ifor.

"Ydan," atebodd pawb yn anfodlon.

"Dyna welliant," meddai Ifor. "Cofiwch mai tîm ydach chi, nid casgliad o unigolion. Cefnogwch eich gilydd. Helpwch eich gilydd. Meddyliwch am eich gilydd."

"Braidd yn hwyr i hynny," meddai Geraint wrth Siôn Gwilym dan ei wynt ond yn ddigon uchel i'r efeilliaid Llion a Llŷr ei glywed. "Piti na wnaeth ambell un hynny yn ystod yr haf."

"Cau hi, wnei di Geraint," meddai Combein oedd wedi clywed hefyd.

"Cau hi dy hunan, Combein, os nad wyt ti isio dwrn," gwaeddodd Geraint yn ôl.

"Iawn, dwi'n barod unrhyw bryd i orffen y ffeit gawson ni'r dydd o'r blaen mêt!" gwaeddodd Combein.

"Rhowch y gorau iddi wnewch chi!" dwrdiodd Arthur.

"Ddylen ni gael capten newydd," gwaeddodd Math, "dim un sy'n achosi i ni golli taith."

"Be ti'n feddwl, Math, achosi i ni golli taith?" gwaeddodd Tractor yn ymuno yn y ddadl. "Mi wnaethon ninna golli taith hefyd."

"Ond ni sydd wedi diodda fwyaf, Tractor," gwaeddodd Mor Mor.

"Ia, Tractor," gwaeddodd Dilwyn, "Petaet ti a Combein a'r pedwar arall heb fynd i Toulouse mi fasan ni i gyd wedi mynd i Ffrainc i gefnogi Cymru yng Nghwpan y Byd," sgyrnygodd Dilwyn.

"Dwi'n falch nad aethon ni ddim. Roedd Cymru'n chwarae'n waeth na ni hyd yn oed," meddai Alun.

Roedd Llŷr ar fin ymuno yn y ddadl i gytuno ag Alun ond cyn iddo allu dweud dim teimlodd law ei frawd ar ei fraich.

"Paid â meiddio deud dim," siarsiodd Llion.

"Am beth maen nhw'n dadlau?" gofynnodd Ifor Madog i Mr Prydderch yn clywed y gweiddi ar y cae.

"Mae'n ddrwg gen i ond alla i ddim clywed beth maen nhw'n ei ddweud," atebodd hwnnw.

Roedd Mr Prydderch yn dweud y gwir nad oedd yn gallu clywed beth oedd yn cael ei ddweud ond roedd ganddo syniad go dda beth oedd asgwrn y gynnen oherwydd rai dyddiau ynghynt roedd wedi dal Combein a Geraint yn ymladd yn y coridor yn yr ysgol. Roedd wedi synnu gweld y ddau ffrind yng ngyddfau'i gilydd ac er holi'n galed gwrthododd yr un ddweud wrtho beth oedd achos y ffrae. Ond, yn ddiweddarach yn ystod y dydd, cafodd eglurhad am y cweryl gan un o'u cyd-ddisgyblion oedd yn barod iawn i ddweud y stori a theimlai Mr Prydderch braidd yn euog.

Oherwydd yn ystod yr haf pan oedd Mr Prydderch a'i gariad Miss Tomos ar eu ffordd i Nice yn ne Ffrainc am wythnos o wyliau daethant ar draws Llŷr, Llion a chwech arall yn Toulouse. Roedd yr efeilliaid wedi trefnu taith yno i weld Robert, eu cyfaill a'u cyd-chwaraewr o Toulouse. Addawodd Mr Prydderch y byddai'n trefnu taith i Ffrainc i'r tîm i gyd ym mis Medi i gefnogi Cymru yng Nghwpan y Byd ond ni wyddai bryd hynny nad oedd y bechgyn a'r ddwy ferch wedi gofyn caniatâd eu rhieni. Pan ddychwelodd adref o'i wyliau, darganfyddodd fod y rhieni'n ddig iawn. Roedd y rhieni'n teimlo fod eu plant wedi bod yn anghyfrifol iawn ac roedden nhw'n benderfynol na châi yr un ohonyn nhw fynd ar gyfyl Ffrainc. Ceisiodd Mr Prydderch drefnu taith i'r gweddill yn unig ond gwrthododd y prifathro roi ei ganiatâd ac er fod Mr Prydderch yn teimlo fod hynny'n annheg iawn, ni allai fynd yn groes i'w brifathro a bu raid iddo gyhoeddi na fyddai taith hyd yn oed i Gaerdydd i wylio Cymru'n chwarae yn erbyn Ffrainc y Medi hwnnw. Yn naturiol achosodd y siom rwyg ymysg y Cenawon ac roedd effaith hynny i'w weld yn amlwg ar y cae y bore Sadwrn hwnnw. Doedd dim rhyfedd eu bod nhw'n edrych fel petaen nhw ddim am fod yno. Doedden nhw ddim. Roedden nhw eisiau bod ar eu ffordd i Nantes i wylio Cymru'n chwarae yn erbyn Fiji!

Cerddai Llŷr yn ddigalon iawn tuag at ganol y cae i gychwyn ail hanner y gêm oherwydd gwyddai mai fo roedd y rhan fwyaf o'r Cenawon yn ei feio am golli'r cyfle i fynd i Gwpan y Byd. Y fo gafodd y syniad o drefnu taith i ymweld â Robert yn y lle cyntaf a fo berswadiodd ei frawd Llion a'r lleill i ymuno yn yr antur. Petai heb fod mor benderfynol buasai pawb y funud honno yn Llydaw.

"Paid â chymryd sylw ohonyn nhw, Llŷr," meddai Llion wrtho'n dawel.

"Dydw i ddim," atebodd gan sboncian y bêl ar y llawr.

Ond roedd Llion yn gwybod yn wahanol. Roedd

holl osgo ei frawd yn dangos ei fod yn poeni. Roedd Llŷr yn ei chael hi'n anodd i ganolbwyntio ar y gêm oherwydd roedd fel petai'r sgarmes wylltaf yn hanes rygbi yn digwydd y tu mewn i'w ben. Roedd y drwgdeimlad tuag ato yn ystod yr wythnos diwethaf wedi bod yn annioddefol. Er nad oedd yn difaru trefnu taith i Toulouse, roedd mor siomedig fod Mr Prydderch heb fedru trefnu taith a bod ei ffrindiau wedi troi yn ei erbyn. Cafodd yr wyth ohonyn nhw amser braf iawn ac ar ben hynny roedd wedi cael cwmni Megan ac nid arno fo oedd y bai am y rhwyg ymysg y Cenawon. Ar y rhieni oedd y bai am fod mor ffyslyd a gwneud môr a mynydd o bethau. A doedd dim rhaid i Williams y prifathro fod mor afresymol o annheg chwaith.

Roedd rhywbeth arall yn poeni Llŷr y prynhawn hwnnw hefyd. Nid oedd Megan wedi dod i'w gefnogi a doedd hi ddim wedi colli gêm y tymor cynt.

Gyda'i feddwl yn llawn berw doedd hi ddim yn rhyfedd ei fod wedi cicio'r bêl yn syth dros yr ystlys a cholli'r meddiant.

"O, na!" ochneidiodd Ifor Madog. "Mae hi'n mynd o ddrwg i waeth!"

2. Sibrydion am Ysbrydion

Ac o ddrwg i waeth yr aeth hi hefyd. Methodd Peth Dannedd ag ennill bachiad o'r sgrym bedair gwaith a hynny ar bêl y Cenawon ac roedd ganddo'r hyfdra i roi'r bai ar Arthur a Tractor. Methodd Geraint â dal pum pàs berffaith oddi wrth Llŷr gan feirniadu'r maswr bob tro a bu Mor Mor yn cecran hefo Derec Dau Funud drwy gydol yr hanner. Buasai tîm da wedi rhoi calchad go iawn iddyn nhw am fod mor anhrefnus a checrus ond nid oedd Bro Hafnant yn dîm da. Gyda saith munud yn weddill naw pwynt i ddim oedd y sgôr – oedd yn weddol barchus o ystyried pa mor sâl yr oedd y tîm cartref yn chwarae. Roedd y Cenawon wedi rhoi chwe chic gosb yn anrheg i'w gwrthwynebwyr a maswr Bro Hafnant wedi llwyddo i drosi dim ond dwy ohonyn nhw. Er yr holl feddiant gawson nhw ar blât, roedd Bro Hafnant wedi methu sgorio yr un cais. Roedd y Cenawon yn lwcus nad Morloi Abermoresg roedden nhw yn eu chwarae y diwrnod hwnnw.

"Colli o chwe phwynt i ddim!"

"Wel gallai wedi bod yn llawer gwaeth," meddai Ifor Madog yn ddigalon.

Yna, digwyddodd rhywbeth rhyfedd. Enillodd Derec Dau Funud bêl yn y llinell am y tro cyntaf yn ystod y gêm a'i thaflu'n daclus i Llion. Saethodd hwnnw'r bêl i Llŷr ac o fewn eiliadau roedd hi wedi llifo o gefnwr i gefnwr a chyrraedd dwylo Milgi. Defnyddiodd hwnnw ei gyflymdra a gwibio i lawr yr ystlys. Nid oedd gobaith gan gefnwr Bro Hafnant i'w atal, ochrgamodd a sgoriodd gais o dan y pyst.

"Diolch byth," ochneidiodd Ifor Madog. "O'r diwedd!"

Paratodd Llŷr i'w throsi.

"Mae hon yn hawdd, frawd," meddai Llion wrtho'n dawel wrth fynd heibio.

"Ydi," meddai Llŷr yn dawel.

Gosododd Llŷr y bêl yn ofalus a gallai glywed ei galon yn curo o dan ei fron. Camodd yn ôl, edrychodd ar y bêl, edrychodd ar y pyst. Camodd ymlaen a chicio'r bêl. Unwaith gadawodd hi ei droed roedd yn gwybod. Gwyddai ei fod wedi methu un o'r ciciau hawsaf a gafodd erioed. Gyda ochneidiau ei gyd-chwaraewyr a bloedd o lawenydd chwaraewyr Bro Hafnant yn llenwi ei glustiau trodd yn ôl i'w hanner ei hunan.

"O, na!" ochneidiodd ei dad.

"Dydy'r gêm ddim drosodd eto, Ifor," meddai Mr Prydderch. "Mae digon o amser i gael cais arall."

"Dewch, hogia! Ymdrech arbennig rŵan,"

gwaeddodd yr athro hanes.

Daliodd Combein y bêl yn lân o'r ailgychwyn a rhedeg fel tarw at y llinell hanner cyn cael ei lorio. Trodd a rhyddhau'r bêl a llwyddodd Llion i'w chael i'w frawd. Pasiodd hwnnw'r bêl i Geraint ac, am y tro cyntaf yn y gêm, daliodd hi'n ddiogel. Cariodd Geraint hi ymlaen ychydig o lathenni cyn cael ei daclo a sbonciodd y bêl yn rhydd. Yn lwcus i'r Cenawon, trawodd canolwr Bro Hafnant y bêl ymlaen wrth geisio ei chodi gan roi sgrym i'r Cenawon ar y llinell dwy ar hugain. Rhoddodd Llion y bêl i mewn yn berffaith a llwyddodd Peth Dannedd i'w bachu hi a gweithiwyd hi'n ôl yn gyflym i gefn y pac. Cododd Llion hi'n syth o fôn y sgrym a'i thaflu'n gywir i Llŷr.

"Dyna welliant," gwaeddodd Ifor Madog a gwên ar ei wyneb am y tro cyntaf y prynhawn hwnnw.

Daliodd Llŷr y bêl yn ddiogel a dechreuodd redeg i mewn tua'r llinell gais. Gwelodd fod un o'u canolwyr yn atal ei lwybr a chafodd ei demtio i gicio'r bêl dros ei ben fel y gwelodd Shane Williams yn ei wneud ond, ar yr eiliad olaf, penderfynodd basio. Roedd eiliad yn rhy hwyr oherwydd ni chyrhaeddodd y bêl Geraint. Roedd y canolwr wedi darllen bwriad Llŷr a hanner eiliad wedi i'r bêl adael dwylo'r maswr roedd canolwr Bro Hafnant wedi ei chipio ac yn rhedeg yn ddiwrthwynebiad dros y llinell hanner ac roedd Llŷr ar ei liniau a'i ben yn ei ddwylo.

Diflannodd gwên Ifor Madog.

"Cer, Dilwyn, cer!" gwaeddodd Mr Prydderch.

Cododd Ifor ei ben i fyny a gweld Dilwyn yn rhedeg nerth ei draed ar draws y cae i geisio dal y canolwr. Amhosibl, meddyliodd. Erbyn hyn roedd y canolwr wedi croesi'r llinell dwy ar hugain yn gyfforddus ac o fewn llathenni i wneud yn siŵr o fuddugoliaeth i'w dîm. Roedd cefnogwyr y ddau dîm yn sgrechian eu hanogaeth. Trwch blewyn oedd ynddi ond rhywsut neu'i gilydd llwyddodd Dilwyn i wneud y dacl orau a wnaeth erioed. Lloriwyd y canolwr a sbonciodd y bêl dros y llinell gais. Trwy lwc, Arthur oedd y cyntaf o'r gweddill i gyrraedd a chiciodd y bêl dros yr ystlys.

Doedd y bygythiad ddim drosodd. Bro Hafnant oedd â'r hawl i daflu i'r llinell. Taflodd eu bachwr y bêl i gefn y llinell ond roedd Combein yn effro'r tro hwn a brwydrodd am y bêl gydag un o flaenwyr Bro Hafnant. Llwyddodd i grafangu'r bêl oddi arno, troi a dadlwytho i ddwylo Tractor. Defnyddiodd hwnnw ei gryfder a chario'r bêl ymlaen. Yna gweithiwyd y bêl yn ôl i Llion a phasiodd hwnnw hi i'w frawd. Enillodd Llŷr lathenni cyn ei phasio'n ôl. Roedd y mewnwr a'r maswr yn deall ei gilydd yn berffaith ac am y tro cyntaf yn y gêm roedd Ifor Madog yn gwylio ei feibion gyda balchder.

Wedi croesi'r llinell hanner sylweddolodd Llŷr fod yn rhaid cicio am yr ystlys er mwyn ennill tir. Ciciodd y bêl a sbonciodd yn berffaith droedfedd neu ddwy o fewn y maes cyn croesi dros yr ystlys.

Bloeddiodd cefnogwyr y Cenawon mewn llawenydd wrth weld cyfle i ennill meddiant unwaith eto a sgorio cais ond, ar hynny, chwythodd y dyfarnwr ei chwiban i ddynodi diwedd y gêm! Trodd llawenydd y cefnogwyr yn siom.

Roedd yr awyrgylch yn wahanol iawn yn y ddwy ystafell newid yng nghlwb Nant Cadno y prynhawn hwnnw. Roedd ystafell newid Bro Hafnant yn llawn hwyl a chwerthin wrth iddyn nhw ddathlu buddugoliaeth brin ac roedd hi mor dawel â mynwent ynghanol y nos yn ystafell newid y Cenawon.

Eisteddai'r chwech a aeth i Toulouse yn un pen i'r ystafell a'r naw arall yn y pen arall. Daeth Ifor Madog i mewn ac edrych arnyn nhw am eiliad.

"Mi wn i pam roeddech chi'n chwarae'n wael y prynhawn yma," meddai. "Mae aderyn bach wedi dweud wrtha i beth sy'n mynd ymlaen."

"Aderyn mawr o'r enw Prydderch mae o'n feddwl," meddai Math dan ei wynt.

"Ond pwy ddywedodd wrth Prydderch ydi'r cwestiwn?" sibrydodd Geraint.

"Drychwch! Rhowch y gorau iddi rŵan wnewch chi!" meddai Ifor yn chwyrn.

Edrychodd Llion a Llŷr ar ei gilydd. Ambell waith roedd hi'n anodd bod yn feibion i'r hyfforddwr.

"Os ydi'r gwirionedd yma'n parhau yna mae'n ddrwg gen i ond bydd rhaid i'r clwb chwilio am hyfforddwr newydd ar gyfer y Cenawon. Dydw i ddim yn mynd i wastraffu fy amser hefo plant bach sy'n ffraeo o hyd. Ydi hynny'n ddigon eglur? Un ai rydach chi'n rhoi diwedd ar y ffraeo neu mi rydach chi'n chwilio am hyfforddwr newydd."

Ac aeth allan.

Aeth yr ystafell newid yn anghyfforddus o dawel unwaith eto ac yna daeth llais tawel o'r gornel.

"Mi rydan ni wedi cael lot o hwyl, cofiwch. Mi fasa'n biti colli'r hwyl a fasa petha ddim yn union yr un fath heb Ifor."

Milgi oedd yn siarad.

Chwarae teg i Milgi, meddyliodd Llion ond doedd o ddim yn siŵr a fyddai'r gweddill yn cytuno.

Edrychodd pawb ar ei gilydd heb ddweud dim ac yna mi aethon allan yn dri ac yn bedwar i gael eu sosej, bîns a sglodion arferol. Wrth gerdded i'r ystafell fwyta roedd Llŷr yn gobeithio y byddai gwên Megan yn ei groesawu ond siom a gafodd. Doedd hi heb ateb y negeseuon testun yr oedd wedi anfon ati 'chwaith.

"Dwi'n falch nad es i ddim i'w gwylio nhw wir a nhwytha'n chware mor sâl."

Llew Huws, hyfforddwr ieuenctid Nant Cadno, oedd yn siarad. Am funud meddyliodd Llion mai amdanyn nhw roedd yn siarad a chododd gwrid yn ei wyneb.

"Dwi'n pitïo unrhyw un aeth yr holl ffordd i

Ffrainc i wylio Cymru wir. Gwastraff arian faswn i'n deud," ychwanegodd Llew ac roedd hi'n amlwg fod y rhan fwyaf oedd yn bresennol yn cytuno.

"Chi'n hollol iawn, Mr Huws," meddai Tractor cyn cael cic o dan y bwrdd gan Combein. Gwenodd Llion a dechreuodd Llŷr deimlo'n well.

"Wnaethoch chitha ddim chwarae'n rhy dda y prynhawn yma 'chwaith, glywis i," meddai Llew Huws.

"Dim ond colli o un pwynt wnaethon ni," protestiodd Geraint.

"Ac mi wnawn ni'n siŵr y byddwn ni'n chware'n well y tro nesaf," ychwanegodd Math.

"O gwnawn," meddai'r gweddill fel côr adrodd.

Allai Llion a Llŷr ddim credu eu clustiau ond yna gwenodd y ddau. Diolch byth, meddyliodd y ddau, dydy hi ddim ar ben ar y Cenawon. Roedd hi'n amlwg fod y Cenawon yn bwysicach i'r bechgyn na thaith i Ffrainc ac roedd hi'n amlwg eu bod nhw'n meddwl dipyn o'u tad fel hyfforddwr. Dim ond un peth arall fyddai'n gwneud Llŷr yn hapus ond, er edrych at y drws ddwsinau o weithiau a gobeithio'r gorau, daeth hi'n amlwg iddo nad oedd Megan am ymddangos heddiw.

"Beth ydan ni'n mynd i wneud ynglŷn â'r digwyddiadau rhyfedd yma, Llew?" holodd Aneurin Roberts.

Aneurin Roberts oedd ysgrifennydd y clwb.

"Pa ddigwyddiadau rhyfedd?" holodd Ifor Madog.

Aeth pobman yn dawel. Rhoddodd pawb eu cyllyll a'u ffyrc ar y bwrdd a gwrando am yr ateb.

"Dwi wedi deud wrthoch chi beth sy'n achosi'r peth," meddai Tom Williams, un o hen aelodau'r clwb.

"Siarad lol ydi hynny, Tom!" gwaeddodd Aneurin Roberts.

"Beth ydach chi'n siarad amdano?" holodd Ifor Madog.

"Golau'r ystafell gawodydd sy'n cynnau ar ei ben ei hun," meddai Aneurin.

"Beth wyt ti'n feddwl, ar ei ben ei hun? Mae hynny'n amhosibl," meddai Ifor.

"Nid i ysbryd," meddai Tom.

"Beth?" holodd Ifor mewn syndod.

"Ysbryd yr hen Cliff James sydd wrthi," meddai Tom.

"Rho'r gora iddi, Tom!" meddai Aneurin. "Pedair gwaith yn ystod y pythefnos diwetha yma, Ifor, mae golau yn yr ystafell gawodydd pan dwi'n agor y clwb. Y tro cyntaf, roeddwn i'n credu fod rhywun wedi anghofio ei ddiffodd y noson cynt ac felly mi wnes i'n siŵr o hynny 'mlaen mai fi oedd yr olaf i adael y clwb. Ond y bore canlynol, roedd golau yn yr ystafell gawodydd unwaith eto!!"

"Lladron?" awgrymodd Dewi Prydderch.

"Does dim byd yn cael ei ddwyn. A does dim arwydd fod neb wedi torri i mewn 'chwaith," meddai Aneurin. "Mae'r cyfan yn ddirgelwch."

"Fel ddeudis i, ysbryd Cliff James sydd wrthi," meddai Tom Williams, "ac mae angen cael ficer neu rywun tebyg i'w dawelu a dweud wrtho am beidio ag aflonyddu ar ei hen glwb."

"Lol botes maip!" meddai Llew Huws a chwarddodd pawb.

"Mi rydach chi'n athro hanes, Mr Prydderch. Mae'r ffasiwn bethau ag ysbrydion yn bod on'd oes?"

"Wel, welis i ddim un erioed ond mae 'na lawar o bobl yn honni eu bod nhw wedi gweld rhai," atebodd Mr Prydderch.

Edrychodd y bechgyn ar ei gilydd a gwelodd Llion olwg gyfarwydd ar wyneb ei frawd. Roedd ei lygaid yn disgleirio ac roedd yn amlwg i Llion fod ei frawd ar fin cynllwynio rhywbeth.

O na, meddyliodd Llion, mae Llŷr wedi cael syniad dwl arall.

3. Ysbryd y Maswr

Llowciodd Llŷr ei fwyd yn gyflym oherwydd roedd yn awyddus i gael gair â Tom Williams ac wedi i'r sglodyn olaf ddiflannu anelodd yn syth tuag ato.

"Pwy oedd Cliff James, Tom?" holodd.

"Paid â chymryd sylw o straeon gwirion hwn, Llŷr bach. Ysbryd wir!" meddai Llew Huws wedi clywed ei gwestiwn.

"Pwy oedd o?" holodd Llŷr wedyn.

"Cliff James oedd un o'r tri dyn a ddechreuodd clwb Nant Cadno Llŷr," meddai Tom. "Roedd hynny flynyddoedd lawer cyn iti gael dy eni. Maswr yr un fath â ti oedd o ac roedd chwarae rygbi yn bopeth iddo. Roedd o'n faswr ardderchog. Mi gafodd gynnig ymuno â thîm Pen-y-bont ar Ogwr, a Phen-y-bont ar Ogwr oedd un o dimau gorau Cymru ar y pryd. Ond, gwaetha'r modd, chafodd o mo'r cyfle. Stori drist iawn."

"Stori drist?" holodd Llŷr ac erbyn hyn roedd Llion a Tractor wedi ymuno ag o.

"Wel, roedd o'n dod i'r gêmau ar ei feic modur bob amser," meddai Tom.

"Ie?" holodd Llion

"Ac un dydd Sadwrn, chyrhaeddodd o ddim. Roedd pawb yn methu deall y peth, oherwydd Cliff oedd un o'r rhai cyntaf i gyrraedd bob amser. Bu'n rhaid dechrau'r gêm hebddo. Ac yna . . . "

"Ie?" holodd Combein.

"Daeth rhywun oedd yn teithio ar y ffordd o Abermoresg i Nant Cadno o hyd iddo, ar y gornel gas yna yn ymyl Tŷ'n Ffridd. Roedd yn gorwedd ar ymyl y ffordd a'i feic modur tua hanner canllath i ffwrdd."

"Oedd o wedi marw?" holodd Llion.

"Doedd ganddo fo ddim gobaith. Roedd o wedi methu'r gornel mae'n debyg."

Gallech chi fod wedi clywed pìn yn syrthio yn y clwb y funud honno.

"A wyddoch chi beth, fechgyn, mae llawer wedi deud y byddai Cliff wedi chwarae dros Gymru oni bai am y ddamwain honno. A fo fyddai'r cyntaf o glwb Nant Cadno i chware dros Gymru. Wel, y fo fyddai'r unig un hyd yma beth bynnag."

Erbyn hyn, roedd y bechgyn wedi casglu o amgylch Tom Williams fel gwenyn o gwmpas pot jam ac roedd Tom yn mwynhau ei hunan yn hel atgofion am yr hen faswr.

"Ac mi rydach chi'n meddwl mai ysbryd y Cliff James yma sy'n cynnau'r golau yn y cawodydd?" holodd Tractor.

"Wrth gwrs mai fo sydd wrthi," meddai Tom yn bendant.

"Ond pam fasai o'n gneud hynny?" holodd Llion.

"Cwestiwn da!" meddai Llew Huws gan chwerthin.

"Ydi, mae o'n gwestiwn da, Llion," meddai Tom yn ddifrifol gan anwybyddu Llew Huws. "Ac mi ddeuda i wrthat ti pam."

"Pam?" holodd pawb gyda'i gilydd.

"Am ei fod o'n anhapus."

"Pam ei fod o'n anhapus?" holodd Llŷr.

"Wel, mae o'n dal i fod eisiau chwarae i Nant Cadno, yn tydi. Yma mae'i galon o 'dach chi'n gweld, felly mae'i ysbryd yn dal i ddŵad yma. Credwch fi, dwi'n dweud y gwir."

"Rhag dy gywilydd di'n siarad mor wirion," meddai Aneurin Roberts. "Peidiwch â gwrando ar ei siarad dwl, fechgyn. Anhapus wir!"

"Siarad hollol dwp," meddai Llew Huws. "Mae Aneurin yn iawn. Peidiwch â gwrando arno fo ,fechgyn."

Ond doedd y bechgyn ddim mor siŵr a oedd Tom yn siarad yn wirion. Pwy a ŵyr? Efallai ei fod yn iawn a bod ysbryd y maswr yn aflonyddu ar y clwb.

"Wyt ti'n cofio Cliff James, Dad?" holodd Llŷr ar y ffordd adre yn y car.

"Na, dwi'n rhy ifanc. Ond roedd o'n andros o faswr da yn ôl pob sôn."

"Piti nad oes yna ddim llun ohono fo yn y clwb," meddai Llŷr. " Mi faswn i'n licio gweld llun ohono fo."

"Ia, rhyfedd nad oes 'na'r un llun ohono. Mae'n

siŵr y byddai gan ei fab lun ohono fo," meddai Ifor.

Sythodd Llŷr ei gefn.

"Ei fab?" holodd.

"Mae ei fab yn byw yn Bryn Amlwg, y tŷ mawr yna yn yr un stryd â dy ffrind Megan."

"Ydi o?" holodd Llŷr.

"Ydi," atebodd ei dad. "Ond dyn rhyfedd iawn ydi o yn ôl y sôn."

"Rhyfedd?"

"Byth yn cymysgu â neb. Welis i o erioed yn y clwb."

"Piti na chafodd Cliff James ddim chware dros Gymru yntê?" meddai Llion. "Mi faswn i wrth fy modd yn chwarae dros fy ngwlad."

"A finna hefyd," meddai Llŷr.

"Falla y gwnewch chi ryw ddydd," meddai Ifor. "Meddyliwch! Y rhai cyntaf erioed o Nant Cadno i chwarae dros Gymru!"

"Ti'n meddwl fod hynny'n bosib, Dad?" holodd Llŷr yn gegagored.

"Pam lai? Anelwch yn uchel, hogia, a phwy ŵyr beth ddaw."

Roedd helyntion y gêm yn erbyn Bryn Hafnant wedi hen ddiflannu o feddyliau'r efeilliaid erbyn hyn a'r cwbl oedd ar feddwl y ddau am weddill y daith oedd ysbryd Cliff James a'r freuddwyd o wisgo'r crys coch. Yna, deffrowyd Llŷr o'i freuddwyd gan sŵn ei ffôn symudol. Edrychodd ar y sgrîn a gweld ei fod newydd dderbyn neges oddi wrth Megan.

Pan ddarllenodd y neges, cafodd sioc a siom.

Hi Ll. Dm n gallu dod i'r g. Mam n gwrthod. x

"Newyddion drwg?" holodd Ifor wrth weld wyneb ei fab yn nrych y car.

"Ym? Be? Na. Dim byd," atebodd Llŷr.

"Gobeithio nad ydi'r lol yma am fethu mynd i Ffrainc yn dal i gorddi beth bynnag," meddai Ifor.

"Na, dwi'n credu bod hynny drosodd, Dad," meddai Llion.

"Gobeithio wir," meddai Ifor. "Oherwydd dwi'n meddwl yr hyn ddywedis i y prynhawn yma cofiwch."

"Neges oddi wrth Megan?" holodd Llion wrth gerdded tuag at y tŷ ac wedi iddo wneud yn siŵr fod ei dad allan o'i glyw.

Dangosodd Llŷr y neges destun.

"Beth sy'n bod ar rieni?" gofynnodd Llion yn gas.

"Pam fod pawb yn gweld bai arna i? Dyna dw i isio wybod," meddai Llŷr yn ddiflas.

"Anghofia fo. Mi fydd pawb arall wedi anghofio mewn dim amser," meddai Llion gan roi ei fraich am ysgwydd ei frawd.

"Gobeithio wir," atebodd Llŷr.

Ac aeth y ddau i'r tŷ lle roedd Nia Madog yn ysu fel arfer i glywed hanes y gêm. Ond ei somi gafodd hi y diwrnod hwnnw – doedd yr un o'r ddau'n awyddus i ail-fyw hunllef y prynhawn. Aeth yr efeilliaid yn syth i'w hystafell wely heb ddweud fawr ddim. Pan glywodd Nia hanes y gêm gan ei gŵr, roedd hi'n deall yn iawn sut roedden nhw'n teimlo.

Teimlai Llŷr yn aflonydd drwy'r noson honno. Doedd ganddo ddim amynedd i ddarllen na chwarae gêm ar y Nintendo ac roedd y teledu'n ddiflas. Roedd ganddo gymaint ar ei feddwl. Eisteddai'n dawel a gwyddai Llion nad oedd dim pwynt ceisio ei gael i rannu'i feddyliau, felly claddodd ei hun mewn llyfr. Yna, yn sydyn, torrwyd ar y tawelwch.

"Wyt ti'n credu y gallai Tom Williams fod yn iawn?" holodd Llŷr.

"Dw i ddim yn siŵr oes 'na ffasiwn beth ag ysbryd yn bod, wyt ti?"

"Wel, does dim ond un ffordd i ddod i wybod . . ."

"Na, Llŷr!"

"Pam lai? Mi faswn i'n licio cyfarfod ysbryd, yn enwedig ysbryd maswr mor dda â Cliff James."

"Dwyt ti ddim yn bwriadu mynd i'r clwb yn ystod y nos wyt ti?" meddai Llion.

"Sut arall faswn i'n cyfarfod â'r ysbryd?"

"Paid, Llŷr! Mi rydan ni wedi gneud digon o lanast yn barod."

Aeth yr ystafell wely'n dawel unwaith eto.

"Ond dw i am fynd i weld mab Cliff James yn gyntaf," meddai Llŷr gan neidio ar ei draed yn sydyn.

"Beth?" holodd Llion mewn syndod.

"Dw i am fynd i weld mab Cliff James i'w holi am ei dad," meddai Llŷr yn bendant.

"Pam fasat ti isio gneud hynny?" holodd Llion.

"Wel, os ydw i'n mynd i gyfarfod ag ysbryd ei dad, yna mae gofyn fy mod i'n gwybod rhywbeth amdano fo. Wyt ti ddim yn cytuno? A dw i am fynd rŵan."

"Beth? Rŵan!"

Ysgydwodd Llion ei ben yn anobeithiol ac yna cofiodd yn sydyn lle y dywedodd ei dad roedd mab yr hen faswr yn byw.

"A! Mi wela i! Esgus ydi mynd i weld mab Cliff James yntê? Gobeithio y gweli di Megan sy'n byw i lawr y stryd wyt ti, y cnaf bach."

"Wyddost ti be? Wnes i ddim meddwl am hynny o gwbl," atebodd gyda gwên yn ei lygaid. "Bydd rhaid iti ddŵad hefo mi wrth gwrs."

"Beth? Pam?"

"Wel, glywist ti Dad yn deud ei fod yn ddyn od, felly dwi angen cwmni. A pheth arall – bydd yn rhaid rhoi rheswm da i Mam a Dad pam ydan ni'n mynd allan adeg yma'r nos."

"A beth fydd y rheswm hwnnw?"

Meddyliodd Llŷr am funud. Ac yna daeth fflach o syniad.

"Wn i, mi ddywedwn ni ein bod ni'n mynd i weld Geraint er mwyn gwneud yn siŵr na fydd yr un peth a ddigwyddodd yn y gêm y prynhawn yma yn digwydd eto."

A dyna wnaethon nhw. Ac roedd Ifor Madog yn teimlo mor falch o'i fechgyn. Chwarae teg iddyn nhw, meddyliodd, am geisio sicrhau dyfodol y Cenawon.

Neidiodd yr efeilliaid ar eu beiciau a phetai Ifor wedi eu dilyn yna byddai wedi gweld nad i gyfeiriad cartref Geraint yr aethon nhw ond tuag at y stryd lle roedd Megan yn byw.

Wrth iddyn nhw droi i mewn i'r stryd, roedd ymennydd Llŷr yn gweithio'n galed. Petai'n beiriant, byddai mwg yn dod allan o'i glustiau! Beth oedd o'n mynd i'w wneud? Roedd wedi anfon neges destun yn ôl at Megan ond heb gael ateb. Ceisiodd ffonio ei ffôn symudol, ond nid atebodd. Ai esgus oedd hyn i gyd tybed, holodd ei hun. Oedd hi'n bwriadu ei ddympio? Os felly beth oedd o'n mynd i'w wneud? Sut allai ei pherswadio i aros gydag o? Sut oedd o'n mynd i gael y cyfle i siarad â hi? Curo ar y drws a gofyn am siarad â Megan? Fyddai ei mam na'i thad byth yn caniatáu hynny! Gallai daflu cerrig mân at ei ffenest wely hi? Beth petai'n torri'r ffenest? Beth oedd o'n mynd i 'wneud? Arhosodd y ddau wrth y tŷ.

4. Ysbryd fy Nhad

Edrychodd Llŷr ar dŷ Megan ac yna ar Llion. Roedd hi'n amlwg i'r ddau nad oedd neb adref.

"Beth wnei di rŵan?" holodd Llion.

Cododd Llŷr ei ysgwyddau. Roedd hi'n amlwg oddi wrth ei wyneb ei fod wedi cael siom enfawr ac roedd y cyfan yn gymaint o ddirgelwch. Onid oedd wedi cael cwmni Megan bob dydd yn ystod yr wythnos yn yr ysgol? Ceisiodd grafu ei gof am unrhyw awgrym roedd hi wedi ei roi y byddai'n ei osgoi dros y penwythnos ond ni allai feddwl am yr un. Roedd popeth wedi bod yn iawn rhyngddyn nhw. Ac eto? Na, dychmygu pethau roedd o rŵan.

"Ty'd, anghofia am Megan," meddai Llŷr.

Edrychodd Llion arno mewn syndod.

"Cliff James sy'n bwysig heno. Mi awn ni i weld mab Cliff James," ychwanegodd. Gwyddai Llion nad oedd yn meddwl hynny ond nid aeth i ddadlau.

"Iawn," meddai Llion, ac i ffwrdd â nhw i chwilio am y tŷ mawr roedd eu tad wedi sôn amdano.

Nid oedd yn anodd ei adnabod oherwydd roedd yn glamp o dŷ. Doedd y bechgyn ddim wedi rhoi llawer o sylw i'r tŷ cyn y noson honno. I ddweud y gwir, anaml iawn y bydden nhw'n edrych allan o gar neu fws, felly fydden nhw ddim wedi sylwi arno cyn hyn. Arhosodd y ddau o'i flaen ac edrych ar ei gilydd yn syn. O'u blaenau safai hen dŷ oedd wedi gweld dyddiau gwell. Roedd wythnosau o waith peintio i'w tad fan hyn, meddyliodd Llion. Gadawodd y ddau eu beiciau yn erbyn y wal garreg a cheisiodd Llŷr agor y gât rydlyd. Gwthiodd heb fawr o lwyddiant nes i Llion ei helpu. Llwyddodd y ddau i'w gwthio'n gilagored.

"Sut mae'r postman yn gallu dŵad â llythyrau iddyn nhw?" sibrydodd Llion, rhag i rywun ei glywed.

"Falla nad ydyn nhw ddim yn cael llythyrau," awgrymodd Llŷr.

Cerddodd y ddau at y tŷ ac roedd Llion yn dechrau cael amheuon am yr ymweliad. Cofiodd fod ei dad wedi dweud fod mab Cliff James yn ddyn od. Roedd Llŷr, wrth gwrs, yn dal yn benderfynol. Canodd y gloch a chlywai'r ddau ei thinc yn atseino dros y tŷ ond ni ddaeth neb i'w hateb. Wedi aros am yr hyn a deimlai fel munudau lawer, awgrymodd Llion nad oedd neb adref fan hyn 'chwaith. I ddweud y gwir, roedd yn falch nad oedd neb wedi ateb. Roedd y tŷ'n dechrau rhoi teimladau annifyr iddo. Ond, yn anffodus iddo, clywyd sŵn camau rhywun yn dod at y drws. Arhosodd y ddau iddo agor, ond nid agorwyd y drws. Edrychodd y ddau ar ei gilydd eto. Yna, clywyd llais dyn o'r ochr arall i'r drws.

"Ia?"

"Mr James?" holodd Llŷr.

"Pwy sy'na? Be 'dach chi isio?"

"Mab Mr Cliff James ydach chi yntê?"

"Pwy ydach chi? Wedi dŵad yma i achosi trwbl ydach chi? Ewch oddi yma rŵan hyn neu mi ffonia i'r heddlu," meddai'r dyn yn gas.

Edrychodd y ddau ar ei gilydd mewn syndod a dechreuodd Llion boeni.

"Dydan ni ddim wedi dŵad yma i achosi trwbwl, wir yr. Wedi dŵad yma i siarad hefo chi am eich tad ydan ni, Mr James," meddai Llŷr.

"Mae'n well i ni fynd," sibrydodd Llion.

"Llŷr Madog ydw i," meddai Llŷr gan arwyddo wrth ei frawd am fod yn dawel. "Mab Ifor Madog y peintiwr ydw i ac mae 'mrawd Llion hefo fi. Isio gwybod am eich tad ydan ni. Dyna i gyd."

"Beth ydach chi isio wybod am fy nhad? Mae o wedi marw ers blynyddoedd."

"Ydach chi'n fodlon agor y drws am funud?" gofynnodd Llŷr.

Bu tawelwch am eiliad ac yna clywodd y ddau follt yn cael ei ryddhau ac yna bollt arall. Yna goriad yn cael ei droi yn y clo ac yna, ymhen amser, cilagorodd y drws ac ymddangosodd wyneb hen ddyn. Roedd ei wallt gwyn yn wyllt ar ei ben a doedd o heb siafio ers dyddiau. Ac roedd ei ddillad yn edrych braidd yn fudr. Ni allai Llion gredu ei glustiau pan glywodd gwestiwn nesaf ei frawd.

"Gawn ni ddŵad i mewn?" holodd Llŷr.

Meddyliodd y dyn am funud.

"Dydw i ddim yn siŵr. Dydw i ddim yn eich adnabod chi. Ydach chi'n siŵr nad ydach chi ddim wedi dŵad yma i wneud drygau?"

"Ddim o gwbl, Mr James. Ddim o gwbl," meddai Llŷr, gan gamu dros y rhiniog a rhoi arwydd i Llion y tu ôl i'w gefn i'w ddilyn.

Dilynnodd Llion braidd yn anfodlon ac roedd hi'n anodd peidio ag agor ei geg mewn syndod. Doedd Llion erioed wedi gweld y fath lanast. Doedd ystafell wely'r efeilliaid ddim yn daclus ac roedd eu mam yn eu poeni'n ddyddiol i'w thacluso, ond roedd y tŷ hwn y tu hwnt i bob dychymyg. Mi fasai Mam yn llewygu petai ystafell wely'r ddau fel y tŷ hwn, meddyliodd Llion.

"Meibion pwy ddeudoch chi oeddech chi?" holodd y dyn.

"Meibion Ifor Madog y peintiwr. Ydach chi'n ei adnabod o?" gofynnodd Llion.

"Na, dydw i ddim yn adnabod neb," meddai, a throi ei gefn arnyn nhw.

Dilynodd y ddau y dyn i'r ystafell fyw ac roedd sioc arall yn eu haros. Roedd yr ystafell hon mewn gwaeth cyflwr ac roedd pedair cath yn cysgu mewn mannau gwahanol ynddi!

"Eisteddwch," meddai'n swrth. "Holwch eich

cwestiynau ac yna ewch. Dwi ddim yn hoffi ymwelwyr."

"Wel, fel ddeudis i, Mr James, wedi dŵad yma i holi am eich tad, Cliff James, ydan ni."

"Pam?"

"Gwaith ysgol," atebodd Llion fel bwled.

"Ia, gwaith ysgol," meddai Llŷr. "Prosiect am hanes y clwb rygbi," ychwanegodd.

"Dydw i ddim yn ei gofio fo," meddai'r dyn.

"Oes llun ohono fo ganddoch chi?" gofynnodd wedyn.

Edrychodd y dyn ar Llŷr am eiliad ac yna cododd ar ei draed. Cerddodd at y dreser oedd yr ochr arall i'r ystafell a rhoi ei law ar ffrâm oedd yn sefyll arni. Sychodd y llwch oddi arno a syllu ar y dyn yn y llun am eiliad cyn troi at y bechgyn.

"Dyma'r unig lun sydd gen i ohono."

Estynnodd y llun i Llŷr ac edrychodd hwnnw ar y dyn ifanc wedi ei wisgo yng ngwisg tîm Llewod Nant Cadno. Roedd yn faswr golygus iawn, meddyliodd Llŷr.

"Rydan ni'n dau'n chwarae rygbi hefyd chi'n gweld," meddai Llion.

"Ydan, i Cenawon Nant Cadno," meddai Llŷr yn eiddgar.

"Dad sy'n ein hyfforddi ni," meddai Llion.

"Eich tad?" holodd y dyn a rhyw olwg rhyfedd yn ei lygaid.

Edrychodd y ddau ar ei gilydd.

"Ia. Dad. Roedd o hefyd yn arfer chwarae i Lewod Nant Cadno," atebodd Llion yn swil.

"Rydach chi'n lwcus iawn. Mi faswn i wedi hoffi cael fy nhad i'm dysgu innau," meddai'r dyn yn drist ac eisteddodd i lawr wedi ymgolli yn ei feddyliau.

"Fuoch chi'n chwarae rygbi?" holodd Llion.

Ni chafodd ateb yn syth. Yna, fel petai'r dyn mewn breuddwyd, atebodd y cwestiwn.

"Mi faswn i wedi licio ond . . . "

Bu raid aros bron i hanner munud cyn cael gweddill yr ateb.

"Tair oed oeddwn i pan gafodd fy nhad ei ladd ar ei feic modur . . . "

Tawelwch am hanner munud arall.

"Mi faswn i wedi hoffi chwarae rygbi, ond doedd Mam ddim yn fodlon dach chi'n gweld."

Tawelwch eto a'r dyn ar goll yn ei atgofion.

"Pam?" holodd Llion.

"Wn i ddim. Doedd hi ddim yn fodlon rhoi rheswm. Gweld bai falla . . . Mynd i chwarae rygbi oedd Dad dach chi'n gweld pan gafodd . . . "

"Ia, rydan ni'n gwbod," meddai Llŷr.

"Petai fy nhad wedi byw mi fasa fo wedi fy nysgu i yr un fath â mae'ch tad chi yn eich dysgu chi, mae'n siŵr."

"Ac mi fasa fo wedi chwarae dros Gymru," meddai Llŷr yn llawn cyffro.

"Felly mae rhai'n deud," atebodd mab Cliff James yn dawel.

"Alla i fenthyg y llun i wneud copi?" holodd Llŷr. "Mi ofala i amdano fo gyda fy mywyd."

Meddyliodd mab Cliff James am funud ac yna meddai:

"Pam lai? Dim ond hel llwch mae o fan hyn."

"Diolch, Mr James."

Cododd y ddau ac ar ôl addo dychwelyd y llun yn ddiogel, cerddodd y tri at y drws ffrynt.

"Rydych chi'n ddau lwcus iawn, wyddoch chi?" meddai mab Cliff James wrth droi atyn nhw. Edrychodd yr efeilliaid ar ei gilydd, yn methu â'i ddeall.

"Chi'n lwcus iawn yn cael eich tad i'ch dysgu chi sut i chwarae rygbi."

Edrychodd y ddau ar ei gilydd unwaith eto.

"Ydan, mi rydan ni," meddai'r ddau hefo'i gilydd a chamu allan i'r nos. Trodd y ddau i ffarwelio ond roedd y drws wedi cau'n glep ar eu hôl!

"Mae Dad yn iawn. Mae o yn ddyn od," meddai Llion wrth godi ei feic.

"Dyn trist iawn faswn i'n deud," atebodd Llŷr yn gafael yn dynn yn y llun o Cliff James wrth ddringo ar ei feic yntau.

Cychwynnodd y ddau reidio tuag adre ac wrth fynd heibio cartref Megan sylwodd y ddau fod y tŷ'n dywyll. Rhyfedd, meddyliodd Llŷr ond doedd ganddo ddim amser i boeni am hynny y funud honno. Roedd ganddo ormod o bethau i'w gwneud. Roedd rhaid sganio'r llun o Cliff James er mwyn dychwelyd y gwreiddiol. Dyna'r gwaith hawsaf. Y gwaith anodd fyddai cynllunio ymweliad â'r clwb rygbi ym mherfedd nos i gyfarfod ag ysbryd y dyn yn y llun.

Rhywbeth arall oedd ar feddwl ei frawd. Roedd Llion wedi penderfynu fod yn rhaid iddo wneud rhywbeth cyn mynd i gysgu'r noson honno.

Cyrhaeddodd y ddau'r tŷ a doedd y croeso ddim yn un cynnes.

"Ble ar y ddaear odych chi wedi bod?" gofynnodd eu mam yn syth.

"Ddeudon ni wrthoch chi. Rydan ni wedi bod yn cael sgwrs â Geraint," atebodd Llŷr yn croesi ei fysedd am ei fod yn dweud celwydd.

"Wel?" holodd Ifor.

"Wel be?" atebodd Llŷr.

"Beth ddywedodd Geraint?"

Oedd ei dad yn amau'r stori? meddyliodd Llŷr.

"Paid â phoeni am Geraint, Dad. Mae dyfodol y Cenawon yn saff," meddai Llion gan ychwanegu, "A Dad?"

"Ie, Llion?"

"Dwi isio deud rhwbath."

Edrychodd Llŷr yn bryderus arno. Oedd o am ddweud ble roedden nhw wedi bod?

"Dw i isio deud diolch yn fawr iawn iti."

"Am beth, dwed?" meddai Ifor Madog yn syn.

"Am ein dysgu ni sut i chwarae rygbi," meddai Llion a rhoddodd glamp o gusan i'w dad.

Edrychodd Ifor arno mewn mwy o syndod ac yna gwenodd.

"Wel, diolch i titha, Llion," meddai. "O, a gyda llaw, Llŷr, mi ffoniodd Megan pan oeddech chi allan."

5. Syniadau Ysbrydoledig

Roedd meddwl Llŷr yn un sgarmes wyllt. I ddechrau arni roedd y ffaith iddo chwarae mor sâl y diwrnod hwnnw yn ei boeni. Teimlai ei fod wedi gwneud cam â'i ffrindiau ac roedd gymaint o gwestiynau'n gwibio drwy'i ymennydd. Sut oedd ennill ei ffrindiau'n ôl ac achub y Cenawon? Oedd yr hen ŵr Tom Williams yn iawn mai ysbryd Cliff James oedd yn cynnau'r golau yn y cawodydd? Oedd ysbrydion yn bodoli? Roedd yn gwybod nad oedd ond un ffordd o ddarganfod y gwir ond gwyddai na fyddai ei rieni na swyddogion y clwb yn fodlon iddo ef a'i ffrindiau aros yno trwy'r nos. Byddai'n rhaid mynd yno heb iddyn nhw wybod ond sut fydden nhw'n gallu mynd i mewn i'r clwb rygbi yn oriau mân y bore a hynny heb i neb wybod? A sut alla i adael y tŷ ym mherfedd nos heb i'w rieni glywed? I bwy y byddai'n gofyn i ddŵad hefo fo? Pwy fyddai'n fodlon? A fyddai Llion yn fodlon dŵad hefo fo? A fyddai'n ennill cap ac yn cael gwisgo crys coch Cymru rhyw ddiwrnod? Cael chwarae yn erbyn Lloegr a'u curo nhw! Byddai hynny'n braf. Ond y prif gwestiwn yn ei boeni y noson honno oedd sut y byddai'n llwyddo i gadw Megan yn gariad iddo?

Doedd dim rhyfedd ei fod yn troi a throsi yn ei wely a bu'n hir iawn cyn syrthio i gysgu . . .

"Pasiwch y bêl imi Cliff! Pasiwch! Mi rydach chi fel ysbryd ddyn! Gwyliwch y cefnwr Cliff! Megan? Beth wyt ti'n wneud yn chwarae cefnwr i Loegr? O na! Gwylia, Megan! Paid â'i daclo! Mi gei di dy frifo! MEGAN!"

"Llŷr! Llŷr. Deffra, wnei di! Mae Megan ar y ffôn." Ysgydwodd Llion ei frawd unwaith eto.

"Y? Beth?" atebodd Llŷr gan agor ei lygaid yn araf a gweld ei bod hi'n fore.

"Roeddet ti'n siarad yn dy gwsg!" chwarddodd Llion. "Roeddat ti'n gweiddi 'Megan'! Breuddwydio am Megan oeddat ti?"

"Na," atebodd Llŷr yn bwdlyd.

"Wel, mae hi ar y ffôn," meddai gan wenu ac estyn y ffôn i'w frawd.

"Megan?" sibrydodd ac ysgydwodd Llion ei ben.

Derbyniodd Llŷr y ffôn gan ei frawd ac ystumio arno i fynd allan o'r ystafell. Roedd rhaid i hon fod yn sgwrs breifat.

"Megan? Helô. Sut wyt ti?" holodd Llŷr gan geisio swnio'n naturiol.

"Iawn. A ti?" meddai llais tawel ar ben arall y

ffôn. "Rwyt ti'n swnio'n gysglyd."

"Newydd ddeffro ydw i," atebodd heb feddwl a difaru'n syth ei fod wedi dweud y fath beth.

"O, mae'n ddrwg gen i dy ddeffro di ond . . . "

"Na, mae'n iawn. Dw i'n falch dy fod ti wedi ffonio."

"Gest ti fy neges i?"

"Do. Ond dw i ddim yn dallt. Pam oedd dy fam yn gwrthod iti ddŵad i'r gêm? Pam?"

"Pam wyt ti'n meddwl, Llŷr?"

"Ydi hi'n meddwl fy mod am dy ddenu ar daith arall?"

"Mae hi'n meddwl dy fod ti'n ddylanwad drwg arna i."

Tawelwch.

"Ydi hi'n fodlon i ni weld ein gilydd yn yr ysgol?" holodd Llŷr.

"Mi fydd hi'n anodd i ni beidio gweld ein gilydd fan honno," atebodd Megan.

"Bydd. Hynny ydi, os wyt ti isio," meddai Llŷr yn dawel.

"Mae'n ddrwg gen i, Llŷr, mae'n rhaid imi fynd. Mae Mam yn dŵad i fyny'r grisiau. Mi ffonia i ti eto. Iawn?" meddai Megan ac aeth y ffôn yn farw.

Gwibiodd mwy o gwestiynau drwy feddwl Llŷr. Ai ffonio i'w ddympio a wnaeth hi? Na, does bosib. Roedd yn teimlo'n ofnadwy o ddiflas ac er iddo geisio cuddio ei ddiflastod oddi wrth Llion ei frawd, roedd hi'n amhosibl iddo wneud hynny. Mae efeilliaid yn deall ei gilydd yn rhy dda.

Amser cinio roedd gan Llion awgrym a syfrdanodd pawb ond ei chwaer fach Gwenllian, oedd yn rhy brysur yn edrych ar ei llyfr Sali Mali. Yr awgrym oedd y dylen nhw geisio trefnu sesiwn ymarfer byr y diwrnod hwnnw er mwyn rhoi terfyn unwaith ac am byth ar y teimladau drwg a cheisio cywiro'r camgymeriadau gwirion a wnaethpwyd y diwrnod cynt. Ni ddywedodd hynny ond roedd rheswm arall am yr awgrym. Roedd y bore wedi bod yn hynod o ddiflas yng nghwmni ei frawd a meddyliodd y byddai sesiwn ymarfer yn siŵr o godi ei galon.

"Wyt ti'n meddwl y dôn nhw?" oedd cwestiwn Ifor Madog, yn amlwg mor awyddus â'i fab i gael y bechgyn at ei gilydd cyn gynted ag roedd hi'n bosibl – ond yn amheus a fydden nhw'n fodlon.

"Does dim ond un ffordd i gael gwybod hynny," meddai Llion.

"Oes 'dach chi waith cartref?" oedd cwestiwn Nia Madog.

"Dim byd o bwys. Mi wnawn ni o heno," atebodd Llŷr yn deffro drwyddo wrth weld cyfle i roi ei gynllun i weld yr ysbryd ar waith.

Gwenodd Llion wrth weld ei frawd yn hapus unwaith eto.

"Ifor?" apeliodd Nia Madog.

"Fyddai rhyw awr fechan ddim yn gwneud drwg, Nia. Mae awyr iach yn llesol wyddost ti?"

"Awyr iach yn llesol wir!" meddai Nia Madog. "Rygbi, rygbi rygbi. Dyna'r cyfan sydd ar eich meddyliau chi! Ac roeddwn i'n meddwl dy fod ti, Ifor Madog, am wneud ychydig o arddio y prynhawn yma?"

"Pan ddo i'n ôl," gwaeddodd dros ei ysgwydd, ar ei ffordd i newid i'w ddillad hyfforddi.

"Wel, gofala di bod y ddou yma'n gwneud eu gwaith cartref yn syth wedi dod adref neu mi fydd hi'n ddrwg arnoch chi'ch tri!" gwaeddodd ar ei ôl.

Roedd y tri yn rhy brysur i wrando arni. Roedd un ar ffôn y tŷ a'r llall ar ei ffôn symudol ac o fewn chwarter awr roedd y ddau wedi ffonio pob aelod o'r Cenawon a phob un wedi cytuno i ddod i'r clwb ymhen yr awr. Roedd Ifor Madog wedi rhyfeddu. Pob un wedi cytuno. Roedd mor falch fod eu ffyddlondeb i'r tîm yn drech na'u siomedigaeth o golli taith.

Roedd hi'n brynhawn braf ac yn berffaith ar gyfer sesiwn ymarfer. Cychwynnodd Ifor y sesiwn gyda chyfres o ymarferion cynhesu er mwyn paratoi'r corff yn ddiogel ar gyfer yr ymarferion oedd i ddod. Wedi deng munud o ymestyn y corff ac yn y blaen, roedden nhw'n barod i symud ymlaen i redeg ar wahanol gyflymder. Yna, ymarferion gwthio er mwyn cryfhau'r cyhyrau, ymarfer neidio i'r blaenwyr ac ymarfer cicio o'r dwylo i'r cefnwyr. Yna ymarfer pasio ac ymarfer taflu i'r llinell. Ac i orffen, cafwyd gêm saith-bob-ochr fer. Ar ddiwedd yr ymarfer, wedi iddo ddiolch i'r bechgyn am ddod, gofynnodd Ifor iddyn nhw ysgwyd llaw â phob un o'u cyd-aelodau. Daliodd ei wynt. Yna, rhoddodd ochenaid o ryddhad pan welodd pawb yn ufuddhau a rhai hyd yn oed yn cofleidio'i gilydd. Roedd y Cenawon yn unedig unwaith eto!

Rhedodd pawb i mewn i'r clwb i gael cawod ac roedd Llŷr yno gyda'r cyntaf. Edrychodd o gwmpas fel petai erioed wedi bod yno o'r blaen. Astudiodd bob cornel a gwenodd pan welodd fod ffenest y gellid ei hagor uwchben un o'r cawodydd. Rhyfedd nad oedd wedi sylwi arni o'r blaen ac yntau wedi cael cawod yno o leiaf ugain o weithiau. Yna, sylwodd ar y swits golau. Doedd o erioed o'r blaen wedi sylwi nad swits ar y wal oedd yn rheoli'r golau ond mai cortyn yn crogi o'r nenfwd fel yn ei ystafell molchi gartref oedd yn gwneud y gwaith. Diogelwch mae'n siŵr, meddyliodd, oherwydd fod cymaint o ddŵr o gwmpas. Yna dechreuodd gynllunio'r ymweliad. Byddai'n rhaid iddo wneud yn siŵr fod y ffenest y tamaid lleiaf ar agor fel na fyddai Aneurin, ysgrifennydd y clwb, yn sylwi, ond yn ddigon agored iddo fo roi ei law i mewn i'w hagor. Roedd digon o le i wthio drwyddi. Yn anffodus roedd hi braidd yn uchel ond, gyda gofal, mater bach fyddai, disgyn yn ddiogel i'r llawr. Yna, petai pawb yn eistedd yn llonydd a chwbl dawel yn un pen o'r ystafell, gallen nhw gadw llygaid ar y swits golau a gweld yr ysbryd. Yna, aeth ias i lawr ei gefn wrth feddwl hyn – beth petai'r ysbryd yn dod drwy'r wal y tu ôl iddyn nhw ac yn cerdded drwyddyn nhw! Roedd rhaid peidio meddwl am hynny.

Penderfynodd aros hyd nes fyddai pawb wedi newid cyn cyflwyno'i gynllun i'r gweddill.

"Ga i'ch sylw chi am funud!" gwaeddodd Llŷr yn yr ystafell newid ar ôl gwneud yn siŵr nad oedd ei dad o fewn clyw.

Tawelodd pawb a throi i edrych ar y maswr.

"Yn gyntaf, dw i am ddweud pa mor ddrwg ydw i na chawson ni daith i Ffrainc. A dw i hefyd am ddiolch i chi i gyd am gefnogi'r Cenawon ac am gefnogi Dad. Diolch," meddai Llŷr.

"Da iawn ti! Syniad da, frawd," sibrydodd Llion.

"Ac mae gen i un peth arall i'w ddweud . . . " meddai Llŷr.

Trodd pawb ato unwaith eto. Edrychodd o gwmpas ac am eiliad teimlai braidd yn nerfus.

"Hynny ydi, mae gen i syniad am dipyn o hwyl."

Roedd pawb yn gwrando'n astud erbyn hyn.

"Beth . . beth . . . hynny ydi . . . beth fasach chi'n ei ddweud petaswn i'n awgrymu dŵad yma yn ganol nos i weld os ydi Tom Williams yn iawn? Faint ohonach chi fyddai'n fodlon dŵad hefo fi?"

"Tom Williams yn iawn? Beth wyt ti'n feddwl?" holodd Geraint.

"Wyt ti'n awgrymu beth ydw i'n feddwl dy fod ti'n awgrymu?" holodd Arthur.

Gwenodd Llŷr.

"Ti'n licio hanes rygbi, Arthur. Wel, falla mai dyma dy gyfle i holi rhywun fuodd yn chwarae i Nant Cadno ers talwm."

"Dwyt ti ddim yn gall, Llŷr Madog!" meddai Arthur. "Ond dw i'n fodlon dod hefo ti."

"All rhywun egluro beth mae'r ddau yma'n malu amdano?" holodd Geraint.

Pan eglurodd Llion iddo fod ei frawd yn gofyn i bawb ymuno â fo ryw noson i weld a oedd ysbryd yn y cawodydd, bu bron iddo dagu. Yna, daeth gwên araf ar ei wyneb.

"Pam lai? Mi ddylai fod yn llwyth o hwyl."

Tynnodd Llŷr anadl ddofn oherwydd roedd yn gwybod os oedd Geraint o'i blaid y byddai pawb arall hefyd. Roedd ganddyn nhw barch mawr at Geraint. A dyna sut y bu hi.

"Pryd?" holodd Combein.

"Beth am heno?" meddai Llŷr.

"Heno?!" cydlefarodd pawb mewn syndod.

"Gora po gyntaf yntê?"

Ac roedd pawb yn gorfod cytuno er y byddai'n anodd iawn i'r rhai oedd yn byw allan yn y wlad.

"Os nad ydach chi'n gallu dŵad, mi fyddwn ni'n dallt yn iawn," meddai Llŷr i'w cysuro. "Mi gewch chi adroddiad llawn yn yr ysgol bora fory."

Gwenodd Ifor Madog pan welodd yr hwyl oedd ar y bechgyn wrth iddyn nhw ddod allan o'r ystafell newid. Roedd hi'n amlwg fod y sesiwn ymarfer wedi rhoi ysbryd newydd yn y tîm, meddyliodd.

"Ble mae Llŷr?" gofynnodd wrth sylwi nad oedd ei fab yno.

"Wedi gadael rhywbath ar ôl yn y cawodydd mae o," meddai Llion.

"Wel, gobeithio y bydd o'n cofio diffodd y gola." meddai Ifor. "Neu fydd gan ysbryd Cliff James ddim byd i'w wneud!" A chwarddodd.

Nid oedd rhaid iddo boeni oherwydd y funud honno roedd Llŷr yn gwneud yn siŵr fod y golau wedi ei ddiffodd a bod y ffenest uwchben un o'r cawodydd y tamaid lleiaf ar agor.

6. Chwilio am Ysbryd

Ar eu ffordd adref o'r sesiwn ymarfer gobeithiai'r efeilliaid y byddai eu mam wedi anghofio bod angen gwneud eu gwaith cartref oherwydd roedden nhw'n teimlo'n llawer rhy gyffrous i roi eu sylw i ysgrifennu stori. Ond roedd mwy o siawns y byddai Gwlad yr Iâ yn ennill Cwpan Rygbi'r Byd na Nia Madog yn anghofio fod angen i'w meibion wneud eu gwaith cartref. Yn wir, nid oedd Nia Madog wedi anghofio addewid yr un o'r tri ac, felly, tra oedd y tad yn chwysu yn yr ardd roedd ei ddau fab yn chwysu yn ceisio ysgrifennu stori. Stori am beilot yn hedfan awyren ryfel roedd Llion yn ei hysgrifennu ac roedd Llŷr yn creu stori am ysbryd hen faswr yn troedio Stadiwm y Mileniwm ym mherfedd nos cyn gêm ryngwladol.

Cwblhawyd y straeon mewn amser byr oedd yn ymylu ar record hyd yn oed i'r efeilliaid!

"Beth?!" ebychodd Nia Madog pan ymddangosodd ei meibion yn yr ystafell fyw a chyhoeddi eu bod wedi gorffen. "Gobeithio nad 'ych chi ddim wedi rhuthro gormod 'da'r straeon 'na," ychwanegodd.

"Naddo," meddai Llion. "Wyt ti isio'u darllen nhw?"

"Ydw, os gwelwch chi'n dda," atebodd Nia Madog ac aeth y ddau i'w nôl nhw a'u rhoi iddi.

"Nos da, Mam," meddai Llŷr. "Rydan ni wedi blino'n ofnadwy ar ôl gêm ddoe a sesiwn ymarfer heddiw ti'n gweld."

"Iawn, bach," atebodd, "wi'n deall yn iawn. Ewch chi i'r gwely a chysgwch yn dawel."

"Mae Dad siŵr o fod wedi blino hefyd," meddai Llŷr wrth weld ei dad yn dod i mewn o'r ardd.

"A thitha hefyd wrth gwrs, Mam. Mi fyddwch chi'n siŵr o fod isio mynd i'r gwely'n gynnar heno," ychwanegodd.

Edrychodd Nia Madog yn syn ar ei mab ac ni allai Llion gredu ei glustiau. Oedd rhaid iti ddweud hynna? meddyliodd Llion.

"Beth sydd wedi digwydd iti dy fod ti mor ystyrlon o dy rieni?" holodd Ifor Madog

"Diolch iti, Llŷr, am feddwl amdanon ni," meddai Nia Madog gan edrych yn geryddgar ar ei gŵr.

"Tyrd, Llŷr!" meddai Llion gan dynnu ar fraich ei frawd cyn iddo wneud mwy o lanast, a diflannodd y ddau i fyny'r grisiau.

Petai Nia ac Ifor Madog yn gwybod na fyddai'r ddau'n cysgu yn ei gwelyau drwy'r noson honno, byddai'r ddau wedi dychryn. Ond y funud honno y cyfan ar feddwl Nia Madog oedd ymlacio gyda mygaid o siocled poeth a darllen dwy stori, a'r unig beth oedd ar feddwl Ifor oedd gwylio pêl-droed o'r Eidal ar y teledu.

Pan gyrhaeddodd Llion a Llŷr yr ystafell wely temtiwyd hwy i beidio â newid i'w dillad nos er mwyn arbed amser yn nes ymlaen – ond yna penderfynodd y ddau y byddai hynny'n rhy fentrus. Beth petai eu rhieni neu Gwenllian yn penderfynu talu ymweliad annisgwyl â nhw? Felly gwisgodd y ddau eu dillad nos dros eu dillad. Y cwestiwn dyrys arall yn eu poeni oedd sut i sicrhau eu bod yn deffro am hanner awr wedi un o'r gloch y bore er mwyn cychwyn am y clwb? Doedd wiw iddyn nhw ddefnyddio'r cloc larwm. Byddai hwnnw'n deffro pawb. Penderfynodd y ddau bod yn rhaid iddyn nhw beidio â syrthio i gysgu a doedd hynny ddim yn anodd oherwydd roedd y ddau'n teimlo mor gyffrous. Edrychai'r ddau ar y cloc yn gyson ac roedd amser yn cerdded yn boenus o araf. O'r diwedd clywodd y ddau eu mam yn dringo'r grisiau a gweiddi nos da. Yna, ar ôl yr hyn a deimlai fel oes fynd heibio clywodd y ddau eu tad yn dringo'r grisiau. Ymhen amser, roedd y tŷ mor dawel â'r bedd a gallai'r efeilliaid glywed tipiadau'r cloc i lawr yn y cyntedd.

"Faint o'r gloch ydi hi?" sibrydodd Llŷr am tua'r ugeinfed tro.

"Ugain munud wedi un," sibrydodd Llion yn ôl.

"Pum munud bach arall ac mi godwn ni," sibrydodd Llŷr.

Pan oedd pum munud union ar ben pwniodd Llion ei frawd a chodi o'i wely. Llithrodd Llŷr o'i wely mor dawel â neidr. Tynnodd y ddau eu dillad nos yn araf a gofalus a gwisgo eu trênyrs.

Llion agorodd ddrws yr ystafell wely a diolchodd fod ei dad newydd iro colyn y drws yn ddiweddar. Camodd y ddau i lawr y grisiau mor dawel â dwy lygoden. Penderfynodd Llion mai gadael y tŷ drwy'r drws cefn oedd orau oherwydd roedd llofftydd ei rieni a Gwenllian yn y tu blaen. Caeodd Llŷr y drws yn araf fel petai ei fywyd yn dibynnu arno. Roedd hi'n noson olau leuad. Symudodd y ddau'n gyflym ond yn dawel i nôl eu beiciau o'r garej. Nid oedd eu tad wedi iro colynnau'r drws hwnnw felly gwichiodd wrth ei agor. Arhosodd y ddau'n stond am eiliad ond ni allen nhw fforddio aros i weld a oedd y sŵn wedi deffro unrhyw un. Reidiodd y ddau fel y gwynt am y clwb rygbi.

Pan gyrhaeddodd y ddau roedd y clwb wedi ei foddi yng ngolau'r lloer. Noson berffaith i ysbrydion, meddyliodd Llŷr.

"Ble mae pawb?" holodd Llion yn dechrau poeni mai dim ond fo a'i frawd oedd wedi mentro.

Nid oedd neb i'w gweld ar gyfyl y lle. Ond yna, gwelodd Llion gysgodion wrth gefn y clwb ac ymhen eiliad ymddangosodd twr o fechgyn. Cyfrodd Llŷr yn gyflym a gweld fod o leiaf naw yno. Roedd hi'n amhosibl, chwarae teg, i'r rhai oedd yn byw ymhell, meddyliodd. Piti dros Tractor hefyd achos mi fasai o wedi bod wrth ei fodd gyda'r criw. Roedd Tractor yn licio antur.

"Iawn," meddai Llŷr. "Dilynwch fi a phawb i fod yn dawel."

Symudodd pawb yn ofalus at ffenest yr ystafell gawodydd. Yna, cododd Robin a Combein Llŷr ar eu hysgwyddau ac roedd ar fin ceisio gwthio'r ffenest ar agor pan glywodd Milgi'n dweud "Aros!"

Gollyngodd Robin a Combein Llŷr fel petai'n sachaid o datws.

"Aw!" meddai Llŷr.

"Mae'n ddrwg gynnon ni," sibrydodd Robin a Combein hefo'i gilydd.

"Beth sy'n bod, Milgi?" gofynnodd Llŷr.

"Beth am y larwm lladron?" sibrydodd Milgi.

"O, na! Wnes i ddim meddwl am hwnnw. Beth wnawn ni rŵan?" meddai Llŷr.

"Paid â phoeni amdano," sibrydodd Arthur o'r cefn. "Dim ond yn y prif ystafell ac wrth y bar mae'r larwm yn gweithio."

Roedd Arthur yn dipyn o boen hefo'i ysfa i rannu ei wybodaeth ddi-waelod am rygbi o hyd ond gallai Llŷr fod wedi ei gusanu yr eiliad honno. Ond penderfynodd beidio.

Cododd y ddau flaenwr eu maswr i'r awyr unwaith eto a gwthiodd Llŷr y ffenest ar agor. Yna cododd ei goes dde yn araf a'i llithro drwy'r bwlch cyn codi'r un chwith yn ofalus nes ei fod yn eistedd ar sil y ffenest. Yna, wedi cymryd ei wynt ato, disgynnodd i'r llawr gan lanio'n dwt ar ei draed.

Dilynwyd o gan chwech arall heb ddim trafferth ond pan ddaeth hi'n dro Peth Dannedd cafwyd problem. Roedd maint Peth Dannedd yn ei wneud yn berffaith ar gyfer bod yn fachwr ond, yn anffodus, nid ar gyfer dringo drwy fwlch cyfyng! Er i Robin a Combein geisio'u gorau glas i'w helpu ac er i Peth Dannedd druan wthio a thuchan nes oedd ei wyneb yn goch fel tân daeth hi'n amlwg yn fuan na fyddai'n gweld tu mewn i glwb Nant Cadno y noson honno nac ychwaith ysbryd Cliff James.

"Mae angen lwcowt," sibrydodd Combein. "Aros fan hyn ac os clywi di rywun yn dŵad gwaedda'n dawel arnon ni."

Roedd Peth Dannedd eisiau gofyn iddo pwy fyddai'n debygol o ddod heibio am ddau o'r gloch y bore a sut oedd gweiddi'n dawel, ond roedd Combein wedi troi cyn iddo gael cyfle ac wedi diflannu drwy'r ffenest. Felly, y cyfan y gallai ei wneud oedd helpu Robin, yr olaf i ddringo at y ffenest.

Roedden nhw'n lwcus ei bod hi'n noson olau leuad neu fydden nhw ddim wedi gweld dim oherwydd roedd yr ystafell gawodydd mor dywyll â bol buwch ddu. Roedd hynny'n beth da wrth gwrs – golygai hynny nad oedd ysbryd Cliff James wedi bod yno eto a rhoi'r golau ymlaen. Y cyfan oedd i'w wneud rŵan oedd aros i'r ysbryd ymddangos.

"O ble y daw o?" holodd Dilwyn.

"Trwy'r wal acw," sibrydodd Combein.

"Mae hi'n ddigon oer i ysbryd beth bynnag," cwynodd Milgi.

"Ust, glywsoch chi rywbeth?" meddai Arthur.

Moelodd pawb eu clustiau.

"Ti'n iawn," sibrydodd Llion "Dw inna yn ei glywad o hefyd. Sŵn crafu ysgafn."

Teimlodd Milgi hyd yn oed yn oerach ac roedd ambell un arall yn teimlo ias i lawr eu cefnau hefyd.

"Mae o'n dŵad," sibrydodd Llion yn wan ond yn llawn cyffro. "Mae ysbryd yr hen faswr Cliff James yn dŵad."

Aeth yr ystafell yn dywyll wrth i'r lleuad ddiflannu y tu ôl i gwmwl ond roedd y sŵn yn parhau. Roedd y deg wedi eu parlysu ac yn sefyll fel delwau yn erbyn y wal ac yna'n sydyn neidiodd pawb mewn ofn pan gynheuodd golau'r 'stafell.

Edrychodd pawb ar ei gilydd mewn syndod.

"B . . . b . . . b. . . ble mae o?" holodd Arthur.

Edrychodd pawb o gwmpas ond doedd dim sôn am ysbryd Cliff James nac ysbryd unrhyw un arall o ran hynny.

"Mae o yma," meddai Llŷr. "Ni sy'n methu ei weld o."

" E?" meddai Robin yn syn.

"Wel, ysbryd ydi o yntê!" meddai Llŷr.

Ac ar hynny gwaeddodd Combein.

"Drychwch! Hwnna ydi'r ysbryd!"

Edrychodd pawb at ble roedd yn pwyntio ac ni

allen nhw gredu eu llygaid. Roedd llygoden fawr wedi neidio ar y cortyn golau ac yn siglo yn ôl ac ymlaen! Y llygoden fawr oedd yn achosi i'r golau ddod ymlaen, nid ysbryd.

"Beth wnawn ni hefo hi?" holodd Llion.

"Ei gadael hi achos fasa Shane Williams hyd yn oed ddim yn gallu ei dal hi," meddai Combein.

"Rhyfedd na fasan ni wedi ei gweld hi yma yn ystod y dydd," meddai Milgi.

"Wel, mae hi'n cuddio yn ystod y dydd siŵr iawn, Milgi, achos ei bod hi ofn y sŵn," meddai Arthur yn holl wybodus fel arfer.

"Ar beth mae hi'n byw?" holodd Dilwyn.

"Mae'n rhaid bod ganddi ffordd o fynd i mewn ac allan," atebodd Combein cyn i Arthur gael cyfle i draethu ar arferion bwyta'r llygoden fawr.

"Dewch, mae'n bryd i ni fynd," meddai Llion gyda rhyddhad. "Dw i isio mynd i'r gwely."

Roedd Llŷr yn siomedig na chafodd gyfle i gyfarfod â Cliff James, ond yn dawel fach roedd yn falch hefyd nad ysbryd oedd wedi cynnau'r golau. Y cyfan roedd angen ei wneud rŵan oedd mynd adre i'r gwely a hynny heb i neb eu gweld.

7. Ysbrydoli!

Awgrymodd Robin eu bod yn mynd allan drwy'r drws allanfa frys oedd yn un pen o'r ystafell gawodydd yn hytrach na bustachu unwaith eto i godi pawb at y ffenest. Edrychodd pawb ar Arthur i weld a oedd yn cytuno.

"Dim problem," meddai Arthur. "Dim ond yn y brif ystafell ac wrth y bar mae'r larwm."

"Iawn felly," medddai Llion. "Ffwrdd â ni."

Gwthiodd Llŷr y baryn oedd ar draws y drws. Agorodd hwnnw heb ddim trafferth a'r eiliad honno darganfyddodd y bechgyn nad oedd Arthur yn hollwybodus. Torrwyd ar ddistawrwydd y nos gan sgrechian larwm y clwb rygbi. Am eiliad safai'r bechgyn fel talpiau o rew yn methu symud gewyn. Yna gwaeddodd Llŷr,

"Rhedwch am eich bywyd!"

A dyna wnaethon nhw ond cafodd Combein, yr olaf allan, ddigon o synnwyr cyffredin i roi clec i'r drws ar ei ôl.

"Beth ddigwyddodd?" holodd Peth Dannedd, yn rhedeg o'r cysgodion tuag atyn nhw.

"Cei wybod eto. Ty'd! Mae'n rhaid i ni fod mor bell ag y gallwn ni oddi yma," meddai Llŷr â'i wynt yn ei ddwrn. "A hynny cyn gynted ag sy'n bosib!"

"Mae'r cops yn siŵr o fod ar eu ffordd yma, felly gofalwch nad ydyn nhw'n eich gweld chi ar y ffordd adref," gwaeddodd Combein.

"Ewch ar hyd y llwybrau cefn," meddai Dilwyn.

Roedd calonnau pawb yn eu gyddfau wrth iddyn nhw gychwyn am adref. Gwasgarodd pawb a symud o lech i lwyn o'r maes rygbi tua'r dref. Pan oedd yr efeilliaid a Milgi ar fin troi un cornel clywodd y tri sŵn y seiren yn dod tuag atyn nhw. Symudodd y tri'n gyflym gan daflu eu beiciau tu ôl i wal gardd rhywun ac yna neidio drosti a swatio y tu ôl iddi. Yna, clywodd y tri y car heddlu yn agosáu ac yn gwibio heibio ac wedi rhyw hanner munud, cododd Llion ei ben dros y wal i wneud yn siŵr fod y car wedi mynd o'r golwg.

"Iawn," meddai, "mi rasia i chi adra!"

Cododd y tri eu beiciau dros y wal a reidio fel petai eu bywydau mewn perygl. Doedd eu bywydau ddim mewn perygl wrth gwrs, ond petai'r heddlu'n digwydd troi'n ôl a'u gweld yna fe fydden nhw mewn dyfroedd dyfnion. A byddai peidio cael taith yn ddim i'w gymharu â chanlyniadau cael eu dal yn torri i mewn i glwb rygbi.

Cyrhaeddodd y tri o flaen Dôldderwen o'r diwedd a ffarweliodd Milgi â'r efeilliaid. Gwthiodd y ddau eu beiciau'n ofalus i gefn y tŷ a'u rhoi i orwedd yn erbyn y wal. Nid oedd fiw iddyn nhw fentro agor drws gwichlyd y garej eto. Agorodd Llion ddrws y gegin a chamodd y ddau i mewn. Dringodd y ddau'r grisiau'n ofalus ac roedd chwyrnu eu tad yn gysur iddyn nhw. Newidiodd y ddau i'w dillad nos a llithro o dan y dwfe.

"Llŷr," sibrydodd Llion.

"Ia?" atebodd Llŷr.

"Pam ydw i'n cytuno i ymuno yn dy gynllunia gwirion di?"

"Achos dy fod ti'n frawd imi," sibrydodd Llŷr a gwenodd y ddau yn y tywyllwch.

* * *

"Beth sy'n bod arnoch chi'ch dou heddi?" holodd Nia Madog wrth y bwrdd brecwast ychydig o oriau'n ddiweddarach. "Chi'n edrych fel petaech chi wedi blino'n lân."

"Gweithio'n rhy galad ar y gwaith cartref yna wnaethon ni," meddai Llŷr yn gysglyd.

"Nage, Llŷr Madog!" atebodd ei fam. "Nid ar y gwaith cartre mae'r bai. Chware gormod o'r hen rygbi yna sy'n eich blino chi."

Ac yna ychwanegodd,

"Ond chi wedi sgrifennu dwy stori dda whare teg ichi. Chi'n gallu gwneud yn dda pan 'ych chi'n rhoi eich meddwl ar waith."

"Diolch, Mam!" meddai'r ddau gan gydio yn eu

tôst a rhedeg am y drws.

Cafodd Llŷr siom pan welodd nad oedd Megan ar y bws ysgol ac roedd yn poeni pan ddywedodd Angharad ei bod yn sâl. Anfonodd neges destun ati'n syth ond nid oedd yn disgwyl ateb. Yn wir roedd yn berffaith siŵr yn ei feddwl mai esgus oedd y salwch er mwyn mitsio ysgol a pheidio ei wynebu. Er, nid oedd hynny'n debyg i Megan chwaith chwarae teg, meddyliodd.

Pan glywodd Tractor mai llygoden fawr, nid ysbryd, oedd yn cynnau'r golau, roedd yn falch iawn ei fod yn byw allan yn y wlad ac nad oedd wedi codi o'i wely y noson cynt.

* * *

Yn syth wedi iddo gyrraedd adre o'r ysgol y prynhawn hwnnw, neidiodd Llŷr ar ei feic a reidio i gartref Mr James i ddychwelyd y llun. Penderfynodd hefyd y byddai'n curo ar ddrws Megan ar y ffordd adref.

Pan agorodd mab Cliff James y drws iddo, cafodd Llŷr ei synnu. Roedd y dyn yn amlwg yn falch o'i weld y tro hwn oherwydd cafodd groeso cynnes ac wedi iddo roi'r llun yn ôl dywedodd Mr James fod ganddo anrheg iddo.

"Meddwl yr hoffech chi gael y rhain," meddai gan estyn bag i Llŷr. "Dydyn nhw ddim o unrhyw werth imi. Mi ddylwn i fod wedi eu taflu ers amser ond fel y gwelwch chi dydw i ddim yn rhy dda am waredu pethau," ychwanegodd gan edrych o gwmpas yr ystafell a gwên ar ei wyneb.

Edrychodd Llŷr yn y bag a gweld mai pâr o esgidiau rygbi oedd ynddo.

"Esgidiau rygbi fy nhad," meddai Mr James. "Braidd yn hen ffasiwn i chi, mae'n siŵr. Chi'n hoffi esgidiau aur neu goch, mae'n siŵr, fel Gavin Henson."

"Waw! Na. Chi'n siŵr eich bod chi am eu rhoi nhw imi, Mr James?"

"Yn bendant. Fel diolch ichi am gymryd diddordeb yn fy nhad," atebodd.

Diolchodd Llŷr iddo a ffarwelio. Roedd ganddo dasg bwysig arall yn ei aros a gobeithiai, wrth nesáu at dŷ Megan y byddai'r croeso yr un mor gynnes yno hefyd.

Curodd ar y drws ond ni chafodd ateb ac yna clywodd y ddynes drws nesaf yn gweiddi arno,

"Does neb adra, mae'r gŵr yn ei waith ac mae'r fam a'r ferch wedi mynd at y doctor. Y ferch ddim yn hwylus."

Neidiodd Llŷr ar ei feic yn hapusach fyth. O leiaf roedd stori Angharad yn gywir ac mai sâl oedd Megan ac nid ceisio ei osgoi. Yna sobrodd pan feddyliodd am salwch Megan a gobeithiodd nad oedd dim byd mawr o'i le arni. Bore drannoeth ar y bws ysgol, cyhoeddodd Angharad mai clwy pennau oedd ar Megan.

"Beth goblyn ydi hwnnw?" holodd Llion.

"Haint sy'n achosi chwydd yn dy wddw di," meddai Arthur.

"Gobeithio na ddaw hi ddim yn ôl i'r ysgol yn rhy fuan," meddai Combein. "Faswn i ddim yn licio dal hwnna."

A doedd dim rhaid i Combein boeni oherwydd ni welwyd Megan am weddill yr wythnos.

* * *

Y bore Sadwrn canlynol yr oedd y Cenawon yn chwarae ail gêm y tymor a hynny gartref yn erbyn eu harchelynion Abermoresg. Roedd Ifor Madog wedi siarsio pawb i fod yn bresennol yn y sesiwn ymarfer nos Iau a phan gyrhaeddodd pawb y clwb, roedd Aneurin Davies yn llawn cyffro.

"Dydw i ddim yn hoffi deud hyn, Ifor," meddai, "ond dw i'n credu fod Tom Williams yn iawn."

"Beth wyt ti'n feddwl?" holodd Ifor.

"Wel, mae'n rhaid bod ysbryd Cliff James yn dŵad yma yn y nos achos aeth y larwm y noson o'r blaen ac yn ôl yr heddlu doedd dim arwydd fod neb wedi torri mewn yma. Roedd y peth yn ddirgelwch llwyr," meddai.

"Nam trydanol, Aneurin bach," meddai Ifor Madog.

Edrychodd y bechgyn ar ei gilydd yn slei.

Aeth y sesiwn ymarfer yn ardderchog ac roedd y

bechgyn yn edrych ymlaen am yr ornest y Sadwrn canlynol. Diolch byth fod yr hen ysbryd yn ôl yn y tîm, meddyliodd Ifor.

Yn ei wely nos Wener, penderfynodd Llŷr y byddai'n gwneud rhywbeth mentrus iawn yn y gêm drannoeth ond penderfynodd hefyd na fyddai'n dweud wrth neb, hyd yn oed Llion, rhag i'w dad ddod i wybod, a gwrthwynebu.

A bore drannoeth wrth newid i'w wisg rygbi credai na fyddai neb yn sylwi ac yn dod i wybod am ei fwriad ond rhoddodd Tractor ben ar y gred honno.

"Beth goblyn ydi'r sgidiau yna?" gwaeddodd Tractor, yn methu credu ei lygaid.

Trodd pawb i edrych tuag ato a gweld ei fod yn pwyntio at draed Llŷr. Edrychodd rhai mewn syndod a dechreuodd rhai chwerthin.

"Eu cael nhw'n anrheg gan fab Cliff James wnes i," eglurodd Llŷr. "Meddwl y basan nhw'n dŵad â lwc imi heddiw."

"Ydyn nhw'n dy ffitio di?" holodd Llion.

"Fel menig," atebodd Llŷr.

"Mae'n rhaid fod gan Cliff James draed bychan felly," meddai Combein.

"Neu fod gan Llŷr draed gyn hirad â'i dafod," gwaeddodd Math.

Chwarddodd pawb ac ar hynny daeth Ifor Madog i mewn i'r ystafell newid. Mor braf oedd clywed chwerthin yn yr ystafell newid unwaith eto, meddyliodd.

"Ydach chi'n barod?" gwaeddodd Ifor.

"Barod!!" sgrechodd y bechgyn.

"Pwy ydan ni?" gwaeddodd Combein.

"Y Cenawon!" daeth y waedd yn ôl.

"Sut ydan ni'n chwarae?" gwaeddodd Combein.

"Fel Llewod!" gwaeddodd pawb fel un llais.

Rhedodd pawb ar y cae yn fwy na pharod am y frwydr, ac o'r funud cyntaf y Cenawon oedd yn rheoli'r gêm. Roedd eu pac yn llawer rhy gryf a medrus i bac Abermoresg ddelio â nhw ac roedd Llŷr yn cael gêm ei fywyd.

"Mae Llŷr fel petai ar dân, Ifor," meddai Llew Huws, hyfforddwr tîm cyntaf Nant Cadno, oedd wedi dod i weld â oedd chwaraewyr y dyfodol wedi gwella rhywfaint ers y tro diwethaf.

"Ydi," meddai Ifor, yn falch iawn o'i ddau fab oedd yn chwarae mor dda. "Mae'n amlwg fod rhywbath wedi ysbrydoli Llŷr y prynhawn yma."

"Dw i'n credu fy mod i'n gwybod yr ateb," meddai llais mwyn tu ôl i'r ddau.

Trodd Ifor Madog a Llew Huws i wynebu'r llais a gweld mai dyn dieithr i'r clwb oedd yno.

"Bleddyn, mab Cliff James. Roedd fy nhad yn mynnu enwi ei fab ar ôl ei hoff faswr Bleddyn Williams chi'n gweld," meddai'r dyn dieithr. "Mi sylwais i fod eich mab yn gwisgo'r anrheg rois i iddo y dydd o'r blaen, Mr Madog."

Edrychodd Ifor arno'n syn ac yna trodd i edrych ar y cae a gwelodd Llŷr yn gwenu fel giât tuag atyn nhw. Yna cododd Llŷr ei law ar Bleddyn James a phwyntio at ei esgidiau.

"Esgidiau fy nhad," eglurodd Bleddyn James. "Mi rois i nhw'n anrheg i Llŷr."

Ni chafodd Ifor Madog gyfle i'w holi ymhellach oherwydd roedd y bêl ym meddiant y Cenawon unwaith eto ac roedd hi wedi cyrraedd dwylo Llŷr. Gwelodd hwnnw fwlch yn amddiffyniad Abermoresg a thorri drwyddo gan wthio'r canolwr ddaeth i'w daclo o'r neilltu ac ochrgamu y cefnwr cyn rhedeg fel ewig ifanc o dan y pyst am ei ail gais.

Wel, efallai bod ysbryd Cliff James yn bresennol yn y clwb wedi'r cwbl, meddyliodd Ifor Madog.

Trosodd Llŷr y cais heb ddim trafferth a rhoddodd ei law ar ei wefusau ac yna ar ei esgidiau gan esgus eu cusanu! Ac wrth iddo droi i wynebu ei gyd-chwaraewyr hapus, pwy welodd yn dod drwy giatiau'r clwb ond Megan a'i mam ac Angharad ac yna gwelodd rywbeth a gynhesodd ei galon. Roedd Megan yn taflu cusan tuag ato!